# Um Corpo
# de Mulher

*Um corpo de mulher*
© Herdeiros de Fernando Sabino, 1995

Conforme a nova ortografia da língua portuguesa

| | |
|---|---|
| Editor | Fernando Paixão |
| Assessor editorial | Mauro Souza Ventura |
| Coordenadora de revisão | Ivany Picasso Batista |
| Revisora | Cátia de Almeida |

ARTE
| | |
|---|---|
| Ilustração de capa | Victor Burton |
| Editor | Marcello Araujo |
| Editoração eletrônica | Antonio Ubirajara Domiencio |

O texto "Um corpo de mulher" pertence à obra *Aqui estamos todos nus*, trilogia de novelas de Fernando Sabino, publicada pela Editora Record.

CIP-BRASIL. CATALOGAÇÃO NA FONTE
SINDICATO NACIONAL DOS EDITORES DE LIVROS, RJ

S121c
4.ed.

Sabino, Fernando, 1923-2004
 Um corpo de mulher / Fernando Sabino. - 4.ed. -
São Paulo : Ática, 2007.
 72p. : - (Fernando Sabino)

 Inclui apêndice e bibliografia
 Contém suplemento de leitura
 ISBN 978-85-08-10704-9

 1. Novela policial - Literatura infantojuvenil. 2. Investigação criminal - Literatura infantojuvenil. I. Título.

| | |
|---|---|
| 06-3400. | CDD: 028.5 |
| | CDU: 087.5 |

ISBN 978 85 08 10704-9 (aluno)
CL: 735801
CAE: 211712

2021
4ª edição
7ª impressão
Impressão e acabamento: Forma Certa

Todos os direitos reservados pela Editora Ática S.A.
Avenida das Nações Unidas, 7221
Pinheiros – São Paulo – SP – CEP 05425-902
Atendimento ao cliente: (0xx11) 4003-3061
atendimento@aticascipione.com.br
www.aticascipione.com.br

**IMPORTANTE:** Ao comprar um livro, você remunera e reconhece o trabalho do autor e o de muitos outros profissionais envolvidos na produção editorial e na comercialização das obras: editores, revisores, diagramadores, ilustradores, gráficos, divulgadores, distribuidores, livreiros, entre outros. Ajude-nos a combater a cópia ilegal! Ela gera desemprego, prejudica a difusão da cultura e encarece os livros que você compra.

# Um Corpo de Mulher

# Fernando Sabino

editora ática

# COMO SURGIU
# UM CORPO DE MULHER

*O episódio em que se baseia a novela* Um corpo de mulher *foi testemunhado por mim em meados da década de 1940. Eu andava com o coração nas mãos, como costuma acontecer aos vinte anos. Pretendia oferecê-lo a uma jovem por quem estava enamorado, para dizer o menos.*

*Mas era época das férias e ela havia deixado Belo Horizonte, onde morávamos, para passar alguns dias no Rio. Consegui uma passagem de graça e, como no samba de Benedito Lacerda, "louco de amor no seu rastro, vaga-lume atrás de um astro, atrás dela eu tomo o trem".*

*Fui me hospedar no hotel mais barato que encontrei, nas imediações da Lapa, barra-pesada naquela época. E o que testemunhei ali na primeira noite nunca mais me saiu da cabeça: debruçado à janela, vi o corpo de uma mulher passar em frente ao meu nariz, ao atirar-se do quarto acima do meu.*

*Com o simples e lacônico título de "Episódio", o suicídio de que fui testemunha involuntária ficou durante anos registrado por mim num texto sem fim nem princípio. Acabou surgindo num capítulo bastante autobiográfico do romance* O encontro marcado. *Mas a ideia de aproveitar a fundo as possibilidades literárias que continha não me abandonou um minuto sequer durante todos estes anos.*

*Retomado em época mais recente, acabou se convertendo na novela* Um corpo de mulher. *O ambiente em que transcorre a história se apresenta surpreendentemente (aos meus próprios olhos) como o de um "filme noire" — designação francesa para o cinema de caráter sombrio, pessimista, como os de John Huston, Howard Hawks (ou do próprio Hitchcock em* Um corpo que cai*). Só falta saltarem do papel as figuras de Humphrey Boggart, Peter Lorre e Sidney Greenstreet interpretando os personagens. A novela decorre numa época bastante atormentada da história de nosso país: o fim da guerra, com a pressão das forças democráticas renascendo no Brasil contra a ditadura de Getúlio Vargas, que se prolongava até então.*

Fernando Sabino

Um Corpo de Mulher

¡Que no quiero verla!
*Federico García Lorca*

UM CORPO DE MULHER

# 1

Eram pouco mais de onze horas da noite de 3 de setembro de 1944 quando Jaques Olivério chegou ao hotel onde morava. Um hotel modesto, que não se distinguia de qualquer outro da mesma categoria. Fora mesmo essa observação que o fizera optar por ele, o primeiro que lhe caíra sob os olhos no caminho da estação ao centro da cidade, quando um ano antes deixara Belo Horizonte e viera para o Rio.

Nunca se deteve muito em pesar as qualidades ou defeitos do hotel: pensava em mudar-se, tão logo se arranjasse na nova vida que iria levar. Mas o humilde emprego que conseguiu inicialmente, de auxiliar de revisão num jornal, era o mesmo até agora; acreditara em vão que cedo conseguiria posto mais elevado ali dentro, dada a sua condição de ex-redator de um matutino mineiro. Já estava com quarenta anos, tinha de ceder lugar aos mais novos.

Vinha pensando justamente nisso, naquela como em outras noites, enquanto ganhava o Largo da Lapa e mais adiante cruzava os Arcos, percorrendo a pé a Avenida Mem de Sá até o hotel na Rua dos Inválidos. Quase sempre, ao deixar o jornal, costumava se deter num bar da Lapa e beber qualquer coisa, sozinho (não tinha amigos), sem nenhuma pressa, para matar o tempo e aguardar o sono, prejudicado pelo hábito de só dormir quase ao nascer do dia.

Naquela noite, porém, não havendo trabalho por ser domingo, recolheu-se bem mais cedo que de costume — só notou quando, já no quarto, dava corda no relógio e o colocava sobre a mesinha de cabeceira. Chegou a pensar em sair de novo, mas de súbito o tédio o assaltou. Em vez de vestir o pijama, acabou se deitando assim mesmo, nu — a noite era quente. À força de repisar sempre as mesmas ideias, sentia-se cansado e na mente as imagens se sucediam, desconexas. Todas as noites pensava apenas, antes de dormir: amanhã estarei aqui do mesmo jeito, porque nada vai acontecer.

Estendeu o braço e apagou a luz. Passou a mão pelo peito magro, olhando para a janela onde a lua despontava, meio oculta entre nuvens, projetando uma claridade baça no chão do quarto. De longe, vindo de algum *dancing* ou cabaré, chegava-lhe aos ouvidos o som de um bolero. Sob a mão espalmada no peito nu, a aspereza dos pelos lhe dava a desagradável impressão de estar tocando o corpo de outra pessoa. Ergueu a cabeça e olhou na penumbra as pernas estendidas, a ponta dos pés voltados para cima. Seu corpo assim largado lembrou-lhe que mais dia menos dia ele ia morrer.

Mexeu-se na cama para destruir a sensação. Tudo quieto ao redor, parado, como se o próprio tempo, surpreendido num instante de transição, se detivesse confirmando o que ele havia pensado. Então se ergueu para sacudir o torpor, caminhou desnudo até a janela.

Foi quando alguma coisa vermelha e informe, como um saco, passou vertiginosamente a pouco mais de um metro de seu rosto. Ouviu-se lá embaixo o ruído de uma pancada em ferros e latas. "Meu Deus, que barulho", alguém falou, despertando no quarto vizinho. Escutou ainda um baque surdo e depois mais nada, o silêncio.

Debruçou-se ansioso na janela e olhou para baixo. O que era aquilo? A princípio nada via senão uma forma escura sobre a calçada, os ferros da marquise que circundava o hotel amassados e retorcidos naquele lugar. Não conseguia pensar ordenado, apenas se inclinava mais, tentando ver. O quarto era no terceiro andar e a rua, um beco sujo e mal iluminado que fazia esquina com a do hotel. Cada vez via menos — a ideia agora se repetia na cabeça sem despertar nenhuma reação consciente: alguém caiu lá de cima, alguém caiu lá de cima.

Olhou para cima. A luz do quarto superior ao seu estava acesa, a veneziana aberta. Nem um minuto havia passado, e pareciam já ter transcorrido horas desde que aquela coisa vermelha atravessara a noite ante seus olhos, a voz resmungando "meu Deus, que barulho" — e depois o silêncio.

Tornou a olhar a rua, as janelas das casas escuras à sua frente, fechadas como as demais do próprio hotel. Silêncio completo. A música distante já não se fazia ouvir.

Alguém apareceu na outra esquina do beco, atravessou-o em diagonal, ganhou a calçada do hotel. Ao passar sob o globo de luz, pôde vê-lo: era um rapazinho. Deteve-se, surpreso e hesitante ao dar com o vulto estendido a poucos metros. Tomou coragem, avançou alguns passos, curvou-se, riscou um fósforo. Na claridade oscilante da chama, Jaques Olivério pôde distinguir ali de cima um vestido vermelho arregaçado, duas pernas brancas estendidas, parte do corpo que sua vista alcançava, além da marquise, caído na sarjeta, de bruços sobre o meio-fio. Era um corpo de mulher! A chama se extinguiu logo, o rapaz olhava aparvalhado para um lado e para outro. Não vendo ninguém, disparou a correr, desaparecendo na esquina.

Uma mulher caíra lá de cima. Adivinhava mais do que via o cadáver junto à calçada. Teve a impressão de que uma das pernas se mexia... Agora era também a outra perna que se encolhia totalmente. Então ela estava viva!

Quanto tempo estaria olhando? O que era preciso fazer? Não sabia, não sabia nada — olhava apenas, ainda sem compreender. Tinha de fazer alguma coisa, avisar, chamar alguém. Voltou-se, ia saindo do quarto, só então se lembrou que estava despido. Vestiu depressa a capa de chuva sobre o corpo, ganhou o corredor, precipitou-se até o telefone. O porteiro do hotel o atendeu com voz de sono.

— Uma mulher caiu da janela!

Caiu ou se jogou — ocorreu-lhe pela primeira vez.

— Onde? O quê? — fez o homem, já completamente desperto.

— Aí fora, no beco!

Repôs o fone no gancho e voltou correndo ao quarto, para olhar a rua, esperando que o porteiro aparecesse. "Vai ver que o imbecil..." Nem teve tempo de pensar: o porteiro surgia a correr, e da esquina em frente apontava um guarda também a correr. Outras janelas se abriam no hotel e nas casas fronteiras, luzes se acendiam aqui e ali ao longo do beco, caras sonolentas apareciam. Curiosos afluíam como brotados do asfalto àquela hora da madrugada.

Em breve uma pequena multidão se comprimia ao redor do corpo. O guarda se afastou apressado. Ouvia-se um perguntar de janela para janela. Alguém ao lado informava:

— Bem que eu ouvi um barulho, quando o corpo bateu na marquise.

A ambulância que o guarda fora chamar chegou logo, em disparada. Dois enfermeiros abriram caminho, recolheram cuidadosamente a mulher na maca e partiram como tinham chegado.

Comentários ainda se faziam ouvir de um e de outro lado, agora mais espaçados. As janelas começaram a se fechar. Na rua o povo se dispersava, aos grupos de dois e três, conversando.

Dentro em pouco tudo serenava, e a noite continuou, como se nada houvesse acontecido.

# 2

Ao acordar, às onze horas da manhã, Jaques Olivério saiu à rua sem esperar o almoço. Só conseguira dormir quando já amanhecia. O estranho acontecimento que presenciara, no qual de modo ainda mais estranho se sentia agora um dos principais implicados, tinha-lhe enchido o sono de pesadelos.

Antes de sair, ao entregar a chave, indagou do porteiro detalhes do caso.

— Não estou sabendo de nada não senhor. Entrei de serviço agora há pouco. Durante a noite é outro.

— Eu sei que durante a noite é outro. Mas pensei que você soubesse de alguma coisa.

O gerente surgiu por detrás da divisória de madeira e se adiantou lá do fundo:

— Não sabemos de nada, seu Olivério. Não sabemos de nada.

O sorriso do gerente era de quem não quer muita conversa. Jaques Olivério se conteve e saiu sem mais uma palavra, tomou caminho do centro.

Ao passar sob os Arcos, decidiu-se pela Rua Evaristo da Veiga: resolvera almoçar de uma vez, para ter o resto do dia livre. Entrou num restaurante acanhado mas de aspecto agradável, embora a um canto, empilhados, enormes e empoeirados barris de vinho ocupassem grande parte do espaço. Pendentes do teto em fios de barbante, sobre o balcão à direita, pedaços de linguiça oscilavam, com moscas voejando ao redor. Fazia ali de vez em quando suas refeições, para fugir ao ambiente neutro dos rostos de sempre na sala de almoço do hotel.

Sentou-se na primeira mesa, junto à porta de entrada, pediu o prato do dia: bacalhau à portuguesa.

Mal principiara a comer, alguma coisa lá fora lhe chamou a atenção: um homem de terno azul-marinho atravessava lentamente a rua, lançando furtivas olhadelas para o interior do restaurante. Atingiu a calçada, foi caminhando devagar — arrastava ligeiramente a perna esquerda. Deteve-se pouco adiante, encostou-se a um poste perto da esquina, como à espera de alguém. De vez em quando observava disfarçadamente o restaurante e voltava logo o rosto para o outro lado.

Jaques Olivério, a mão paralisada segurando o garfo, olhava com obstinação aquela figura cujo aspecto nada tinha de extraordinário.

— Se ele está no Rio, ela também está — pensou em voz alta; um dos garçons se voltou, espantado.

Subitamente decidido, levantou-se, foi ao caixa, pagou rápido a despesa e se esgueirou pela porta em sentido oposto ao do homem parado na esquina.

Caminhou apressado dois quarteirões, sem se voltar. Logo passou de novo sob os Arcos, mas, em vez de seguir em frente, fez a volta, retomou a Avenida Mem de Sá. Parou diante de uma vitrine de acessórios para automóveis, ficou a olhar sem ver nada, enquanto vigiava discretamente a esquina. Em pouco o homem de terno escuro apareceu, arrastando a perna.

Jaques Olivério se embrenhou loja adentro. Um empregado se adiantou, solícito.

— Às suas ordens.

— Qual é o preço desses pneumáticos? — perguntou, apontando para uma pilha de pneus a um canto, enquanto observava obliquamente a porta.

O homem acabava de surgir. Parou mesmo em frente à vitrine — podia vê-lo através do vidro: enxugava o suor do rosto com um lenço, olhando desalentado para todos os lados.

— Pneumáticos? — tornou o empregado, sem que ele o escutasse: — Que rodagem é a do seu carro?

O homem agora olhava para dentro, à sua procura. Jaques Olivério se dirigiu ao fundo da loja. O empregado o acompanhou, intrigado:

— O senhor não quer ver os pneus?

Olhou de novo a porta: o homem de terno escuro se fora.

— Fica para outra vez.

Agradeceu e se voltou, sem mais nada, a caminho da saída. Pôde vê-lo ainda, pelas costas, a se afastar, capengando, e sempre a olhar pelas esquinas. Certo de havê-lo enganado, alcançou a correr um bonde que seguia lento, a caminho do centro.

Desceu no Largo da Lapa e continuou a pé. Na Cinelândia se deteve para comprar um vespertino. "ALEMÃES EM DEBANDADA NA BÉLGICA!", dizia a manchete na primeira página, cheia de notícias da guerra. Diminuiu o passo e procurou nas "Ocorrências Policiais". Lá estava, entre furtos e agressões:

"ATIROU-SE DO QUARTO ANDAR
Durante a madrugada de hoje uma mulher, por motivos ainda não apurados e de identidade desconhecida, atirou-se da janela de um dos cômodos do quarto andar do Elite Hotel, sito à Rua dos Inválidos. Verificou-se posteriormente que a tresloucada mulher não residia no hotel, mas apenas entrara despercebidamente naquele estabelecimento na noite de ontem, permanecendo num

dos quartos vagos até o instante de seu trágico gesto. Sofreu com a queda fratura de ambos os braços e do ilíaco esquerdo e ainda ruptura da bexiga, além de escoriações generalizadas. Foi transportada imediatamente para o H.P.S., onde ficou internada, em estado desesperador, acreditando-se que possa vir a falecer a qualquer momento. O 5º Distrito tomou conhecimento do fato."

Dobrou o jornal e meteu-o no bolso. Foi até o Passeio Público, pôs-se a andar pelas alamedas do jardim, pensativo, preocupado. Ao fim de meia hora sentou-se num dos bancos e ficou olhando o movimento nas ruas, de longe, como se estivesse em outro mundo. "O que não posso entender...", começou a dizer para si mesmo, mas um casal se sentou no banco a seu lado e ele se calou.

Consultou o relógio: duas horas e quarenta minutos. Lembrou-se com desagrado da promissória que precisava resgatar, estava para vencer no dia seguinte. "Fica para amanhã", resolveu. "Hoje não quero fazer nada, não posso fazer nada. O resto que se dane." O episódio que havia presenciado naquela noite não lhe saía da cabeça, como uma obsessão, acompanhada de pressentimentos sombrios.

Ergueu-se e se dirigiu ao telefone do primeiro bar. Discou para o Pronto-Socorro, indagou como ia passando "a mulher do Elite Hotel".

— Quem é que deseja saber? — perguntaram.

Vacilou um pouco, desligou sem uma palavra.

Resolveu voltar ao hotel. Ao dobrar a última esquina, lembrou-se de observar antes, e lá estava ele: parado do outro lado da rua à porta da barbearia, o homem de terno escuro a esperá-lo.

# 3

Sentiu vontade de abordá-lo ali mesmo, imediatamente. Mas ainda não fora visto — preferiu evitá-lo mais uma vez. Recuando, contornou o quarteirão, para chegar ao hotel pelo lado do beco.

Deteve-se um instante no lugar onde a mulher havia tombado naquela noite. Observou tudo com atenção: a janela de onde ela se jogara, as barras retorcidas da marquise que amortecera a queda. Depois passou pelo portão de madeira e cruzou o pequeno pátio aos fundos do hotel. Uma ratazana disparou à sua frente, indo se refugiar atrás de duas imensas latas repletas de lixo a um canto. Subiu a encardida escada de serviço, que o levou ao primeiro andar. Atravessou a cozinha, sob o olhar surpreso do cozinheiro lavando pratos, passou pela sala de refeições, onde dois garçons em descanso, sem paletó, jogavam cartas numa das mesas. O velho elevador o conduziu sacolejando até a portaria no térreo.

— Trezentos e quinze.

O rapazinho atrás do balcão lhe estendeu a chave, olhando-o sem compreender como ele podia ter entrado. Jaques Olivério deixou escorregar na sua mão uma nota de cinco cruzeiros e perguntou, em tom casual:

— Então, o caso de ontem...?

O moço olhou temeroso para a pequena divisória de madeira atrás de si e curvou-se em direção a ele, como se fosse sussurrar-lhe alguma coisa. Mas ouviu-se um arrastar de cadeira, e ele se endireitou logo quando o gerente surgiu na porta, uma caneta entre os dedos e os óculos na outra mão:

— Deseja alguma coisa, seu Olivério?

Jaques Olivério ficou a observar aquele rosto balofo, os olhinhos apertados, a pele flácida nas bochechas — nunca lhe parecera tão odioso:

— Não, nada não senhor — falou, afinal.

Afastou-se irritado até o diminuto saguão de entrada, apalpando inutilmente o bolso à procura dos cigarros. Ia saindo para comprar, mas se lembrou em tempo do outro a esperá-lo lá fora. O gerente o olhava ainda, com desconfiança. Aproximou-se:

— Bem, desejo sim — e apontou o rapazinho: — Queria que ele desse um pulo até o botequim e me trouxesse um maço de Liberty Ovais. Já dei o dinheiro a ele.

O gerente concordou com um movimento de cabeça, o moço vacilou um instante e saiu à rua. Jaques Olivério foi até a entrada e espreitou com cuidado: ali estava ele, postado diante da barbearia, vigiando discretamente a porta do hotel. O gerente desapareceu afinal atrás da divisória. Esperou a porta cerrar-se e o ruído da cadeira lá dentro. Então se adiantou com rapidez e, curvando-se sobre o balcão, apanhou no porta-chaves a do quarto 415, escondendo-a no bolso. Em pouco o jovem regressava, trazendo o cigarro.

— Obrigado. O troco é seu.

Guardou o cigarro e foi para o quarto. Tirou o paletó, apanhou a toalha e o sabão e tornou a sair. Em vez de se dirigir ao banheiro, no fundo do corredor, dobrou à direita e subiu a escada até o quarto andar. Diante do 415, olhou para um lado e para outro. Não vendo ninguém, abriu a porta e entrou.

Em tamanho, o quarto correspondia a dois do seu — e a mobília era incomparavelmente melhor: cama larga, de casal, um sofá, uma mesinha com duas cadeiras. Ao lado, um espaçoso banheiro — ficou assombrado ante o contraste entre o ambiente daquele apartamento e o resto do hotel. Havia um *robe de chambre* de seda sobre a cama, um telefone e um rádio à cabeceira. Observou tudo sem tocar em nada, nos vidros de perfume e artigos de toalete sobre a pia, nos chinelos de camurça sob a cama. Olhou para a janela de onde a mulher se atirara: estava fechada, e pouca luz se filtrava pela veneziana.

Ao voltar para o seu quarto, deu com um pequeno envelope que alguém introduzira debaixo da porta. Certamente não se achava ali quando saíra, pouco antes. Jogou sobre a cama o sabão e a toalha e rasgou o envelope onde nada fora escrito. Dentro havia apenas um recorte de jornal:

"ATIROU-SE DO QUARTO ANDAR
Durante a madrugada de hoje uma mulher, por motivos ainda não apurados e de identidade desconhecida, atirou-se..."

Não acabou de ler. Amassou o recorte e o envelope, lançou-os longe. Deixou-se cair na cama, prostrado, ficou longo tempo de olhos fixos no teto, inerte, impotente diante da fatalidade a que não podia mais escapar.

# 4

Eram pouco mais de cinco horas da tarde quando tornou a sair. Na portaria indagou se o haviam procurado.

— Não, ninguém.
— Nem telefonema?
— Nada não senhor.
— Pergunte lá dentro para mim.

O rapaz obedeceu, não sem estranheza, e foi saber da telefonista.

Aproveitou-se e dependurou a chave do 415. Para espanto seu, o outro voltou com uma folha de bloco:

— Um telefonema agora mesmo, seu Olivério. Pede que o senhor "por piedade e amor de Deus não deixar de ir. Recado do..."

— ... João Vicente — terminou ele, tomando-lhe o papel.

"Eu sabia" — acrescentou para si mesmo, enquanto lia.

Já na rua, olhou para a porta da barbearia e para as redondezas. O homem de roupa escura desaparecera. Então se encaminhou para o centro. Atravessou apressado a Cinelândia, como se fosse a algum lugar. Em frente ao Teatro Municipal, diminuiu o passo, aflito, sem saber que direção seguir. Um táxi vinha passando, fez-lhe sinal.

— Para o Pronto-Socorro — ordenou, já no interior do carro.

Ao chegar, passou indeciso duas vezes pelo portão principal, antes de ousar entrar. Na portaria, o funcionário discutia com um senhor bem-vestido:

— Mas são ordens da polícia, meu senhor.

Esperou pacientemente a sua vez. Do homem a seu lado se exalava um perfume que lhe parecia despertar vagas reminiscências. Logo que o outro se foi, ele se adiantou:

— Aquela mulher que se atirou do Elite Hotel... — começou, mas o funcionário o interrompeu:

— Mais um! O terceiro em meia hora! O senhor com certeza também não pode deixar o nome, não sabe de quem se trata, apenas curiosidade, não é assim?

— Não tenho que lhe dar satisfações — retrucou ele e se retirou.

## Um Corpo de Mulher

Eram seis horas da tarde, as luzes da rua já se haviam acendido. Foi caminhando em meio à multidão que passava, uma pergunta se revolvendo na sua cabeça: "Quem será o terceiro?" Andava sem ver nada, e nem olhou para trás, indiferente aos protestos de uma senhora em quem dera um esbarrão. Tomou um ônibus na praça e desceu no Largo da Carioca. Entrou num bar, pediu uma cerveja, e ali ficou longo tempo, remoendo seus pensamentos, alheio ao que se passava em redor. "A-E-I-O-URRRCA!", o rádio anunciava o cassino aos berros. Ouviu com indiferença o *Repórter Esso*, "o primeiro a dar as últimas", afirmar, em edição extraordinária, que o Alto-Comando Aliado acabara de enviar um ultimato a Hitler.

Por volta das oito horas foi para a oficina do jornal, na Rua das Marrecas.

Às onze e meia acabou de rever a terceira página. Lembrou-se então de olhar se nas ocorrências policiais, que um colega revia a seu lado, havia alguma notícia sobre a mulher. Não achou nada.

Às duas e meia da manhã foi diretamente para o hotel, não se deteve no bar pelo caminho como sempre. Ao chegar, indagou do porteiro da noite se o haviam procurado.

— Esteve aqui um homem perguntando pelo senhor, todo afobado. Quis saber aonde o senhor ia de noite.

— A que horas foi isso?
— Às oito horas, mais ou menos.
— Reparou se ele mancava de uma perna?

O porteiro passou a mão pelo rosto, indeciso, tentando se lembrar.

— É possível, mas não pude reparar bem: ele foi embora logo.

No quarto, Jaques Olivério sentiu o cansaço se abater sobre ele, mas não conseguia dormir: a lembrança da noite anterior não lhe saía da cabeça. Para se distrair, tentou ler na cama o jornal que trouxera da rua durante o dia. Primeira página: "Bombas voadoras atacam a Inglaterra". Noticiário nacional: "A Avenida Presidente Vargas será inaugurada no dia 7 de setembro". Passou à página de esportes: "Pancadaria no Flu x Vasco: jogo interrompido faltando sete minutos para o final". Avisos fúnebres: "A Panair mandará rezar missa em sufrágio das vítimas no acidente em São Paulo". Página literária: "O Morto Insepulto" — conto de Otto Lara Resende. "Ocorrências Policiais", logo adiante: "Atirou-se do quarto andar — Durante a madrugada de hoje, uma mulher, por motivos ignorados..."

Jogou ao chão o jornal e apagou a luz. A música do cabaré ao longe lhe vinha em surdina, trazida pelo vento. A claridade da lua era a mesma. "Meu Deus, que barulho!", alguém exclamara no quarto ao lado.

## Um Corpo de Mulher

E o corpo passando numa vertigem diante de seus olhos, depois estendido lá embaixo, as pernas se mexendo... Procurou esquecer, pensar em outra coisa.

Já estava quase adormecendo, quando julgou ouvir passos no andar superior.

# 5

Ficou atento, prendendo a respiração. Ouviu de novo: alguém andava rapidamente no quarto de cima, em todas as direções, detinha-se, tornava a andar.

Sua primeira reação foi de medo — um medo físico, que lhe gelou o corpo até os ossos. Logo conseguiu se dominar e ergueu-se, foi até a janela, olhou para cima. Embora a veneziana do quarto estivesse fechada, podia-se ver que a luz estava acesa.

Então se desfez do pijama, vestiu rapidamente uma calça e uma camisa e, mesmo descalço, saiu do quarto. Ao atingir pela escada o andar superior, procurou não fazer ruído e aproximou-se com cautela do quarto 415. Viu a porta entreaberta e no mesmo instante a luz lá dentro se apagando, mas ainda assim a empurrou. Mal chegou a entrar e colidiu de cheio com o homem que ia saindo. Ambos perderam o equilíbrio, já no interior do quarto. O homem queria sair, Jaques Olivério o segurou pelo braço.

— Me larga — exclamou uma voz irritada.

Reteve-o com mais força, apertando-lhe o braço, enquanto com a outra mão tateava a parede junto à porta, procurando o comutador. O homem conseguiu se desprender com um repelão e ia fugindo, mas Jaques Olivério se lançou às suas costas. Atracaram-se os dois, numa luta silenciosa, contorcendo-se às cegas no escuro do quarto. Uma cadeira tombou com estrépito. Ouvia-se apenas o ruído forte de suas respirações descompassadas. Com um violento empurrão, o homem conseguiu se desprender bruscamente, atirando Jaques Olivério ao chão. Apanhou algo sobre a cama e escapuliu porta afora, fugindo pelo corredor, enquanto ele se levantava e partia em sua perseguição.

Era tarde: o outro já se lançara escada abaixo. Precipitou-se atrás dele, descendo disparado os lances dos quatro andares até o térreo. Não o alcançou mais. Ofegante, despenteado, descalço, roupa desarranjada, interpelou o porteiro:

— Onde está ele?

— Ele quem? — e o porteiro o olhava, aparvalhado. Num ímpeto de raiva, segurou-o pelos ombros e o sacudiu:

— Você sabe quem! Onde está ele?

Ouviu na rua o ruído de um carro se pondo em movimento. Largou o rapaz e correu até a porta. Teve tempo ainda de ver um carro verde-claro que se afastava, logo desaparecendo.

Tentando se acalmar, voltou-se de novo para o porteiro, que recuou, assustado.

— Desculpe — falou-lhe. — Estou nervoso, irritado, mas não tenha medo. Fique tranquilo, vamos conversar. Você não vai se arrepender.

— Não sei de nada, seu Olivério. Não pergunte, que eu não sei de nada.

— Espera, deixa eu falar! Depois você fala. Fui eu que te avisei ontem pelo telefone que a mulher tinha caído lá de cima. Não era você que estava de serviço?

O porteiro abaixou os olhos, sem responder.

— Sei que era você — insistiu. — Vi da janela. Pode dizer, não tenha medo: quem é o hóspede do quarto quatrocentos e quinze?

— Não sei não senhor — respondeu o porteiro, choramingando: — O senhor quer que eu perca o meu emprego?

— Tem ordem para não falar, não é isso mesmo?

O rapaz mal confirmou com a cabeça, logo se arrependeu:

— O quarto está vago, seu Olivério. Não tem nenhum hóspede não.

Convenceu-se afinal de que era melhor desistir. Tomou o elevador, foi de novo ao quarto andar. A porta ficara escancarada — entrou e acendeu a luz; desta vez achou logo o comutador.

Percebeu a um primeiro olhar que todos os objetos haviam sido retirados: o *robe de chambre*, os chinelos, os vidros de perfume e artigos de toalete. Olhou nos armários, o que não se lembrara antes de fazer: completamente vazios. O homem havia levado tudo na sua fuga — com certeza era uma maleta ou sacola o que apanhara sobre a cama antes de escapar. Só o rádio ficara, devia pertencer ao hotel.

Ergueu do chão a cadeira tombada e sentou-se, pensativo. Aquela voz, aquele perfume... De repente descobriu: era ele, era ele o terceiro! O homem bem-vestido, na portaria do Pronto-Socorro. Não chegou a desconfiar, ao vê-lo discutindo com o funcionário na portaria — teria sido mais simples.

Ergueu-se, apagou a luz e foi para o seu quarto.

Ao abrir a porta, teve a sinistra impressão de que ia dar com o homem de escuro sentado na cama, a esperá-lo.

# 6

Pela manhã o garçom que lhe serviu café avisou que o gerente desejava falar-lhe. Desceu até a portaria.

— Um senhor chamado João Vicente telefonou, pedindo que tivesse piedade... — principiou o gerente.

Atalhou logo:

— Já sei, já sei. Mas o que é que o senhor deseja comigo?

— Entre aqui, seu Olivério, precisamos conversar.

Foi conduzido ao interior do balcão até a salinha atrás da divisória. Havia uma mesa, duas cadeiras, pilhas de papéis, um cofre meio enferrujado. Ao fundo, em outro cubículo, a telefonista.

— Sente-se, por favor.

— Estou bem de pé. Mas, e então?

O outro não sabia por onde começar. Olhava-o, sorrindo como um chinês.

— Bem — falou, afinal: — O senhor mora aqui há muito tempo, nunca nos deu motivo de queixa. Mas acontece que o senhor... Bem, tem havido ultimamente umas reclamações. Essa madrugada o senhor foi visto circulando de maneira estranha, em trajes menores, no corredor do quarto andar...

— Em trajes menores? — protestou ele, com uma risada irônica: — Estranho é o senhor vir me dizer isso.

— Então não é estranho o senhor, que mora no terceiro andar...

Acabou perdendo a calma:

— O senhor sabe muito bem o que fui fazer lá! Diga logo o que está pretendendo.

— Não se afobe, eu lhe peço. Tenho a minha responsabilidade... A polícia já esteve aqui.

— E eu com isso? Não vai me dizer que foi por minha causa.

— Foi por causa do que aconteceu na noite de anteontem — concedeu o gerente, com um gesto evasivo. — O senhor sabe, o meu hotel...

— Já sei — cortou ele. — Vamos direto ao que interessa: quer que eu me mude, não é isso?

O sorriso do homem lhe pareceu repelente:

— O senhor compreende o meu ponto de vista...

— O senhor nunca compreenderá o meu. Pode fechar minha conta.

Arrumou em poucos instantes a mala, que tirou de cima do armário, sacudindo a poeira. Levou-a ele próprio até o térreo. O gerente desaparecera. Encontrou sua conta com o porteiro. Depois de liquidá-la, ia saindo quando ele o reteve:

— Um senhor chamado João Vicente...

Não o deixou terminar:

— Manda o senhor chamado João Vicente à puta que o pariu.

Na esquina, parou e descansou a mala no chão para enxugar o rosto de onde o suor escorria. "Para onde, agora?", pensou. Voltou a caminhar, carregando a mala. Ao chegar à Lapa, entrou finalmente no bar, pediu ao garçom:

— Por favor, entrega esta mala ao Espanhol quando ele chegar, pede que guarde aí para mim até logo mais à noite.

De novo na rua, lembrou-se da promissória. Refugiou-se num canto para conferir o que lhe restava de dinheiro. Dava para pagar uma pequena parte e reformá-la — o gerente era seu conhecido. Ainda sobraria um pouco para o que desse e viesse.

Foi até o Banco na Rua da Alfândega e, depois de longa espera, conseguiu o que queria. Finalmente livre também disso, veio descendo a pé a avenida.

Alguma coisa lhe dizia que iria ver o homem com quem se confrontara na noite anterior. Olhava para todos os lados, para as mesas dos bares na calçada, o interior dos cafés, o fundo das confeitarias. Tomou a Rua do Ouvidor e entrou pela Gonçalves Dias. Em frente à Colombo pensou tê-lo visto: o mesmo corpo do homem no Pronto-Socorro, o mesmo rosto... Aproximou-se, viu que se enganara.

Por um momento se distraiu com o fluxo da multidão que ia e vinha pela calçada. Eram moços e velhos, altos e baixos, brancos, negros e mulatos, alguns de terno e gravata, outros de camisa esporte, as mulheres com vestidos de cores disparatadas — quase todos andando apressados, com a determinação de quem vai a algum lugar onde resolverá para sempre o seu destino. Como lhe pareciam ridículos, em suas roupas tão estapafúrdias! Lembrou-se de uma história engraçada que lera certa vez: nas mais graves situações, o personagem tinha frouxos de riso imaginando: "Debaixo da roupa, estamos todos nus".

Agora não achou graça, a ideia o afligiu. Atravessou o Largo da Carioca, envolvido pela sinfonia de ruídos vindos de todos os lados. Vários desocupados se detinham para olhar um camelô que fazia mágicas. Jornaleiros a correr, anunciando a nova edição dos vespertinos. Um anão, cambista da loteria, abordava um e outro, oferecendo os seus bilhetes. Carros buzinavam a todo momento, poluindo o ar com a fumaça exalada dos enormes e desgraciosos gasogênios na traseira. Bondes entravam com estardalhaço na Galeria Cruzeiro. Pelo alto-falante de uma loja de discos, a todo o volume, o Trio de Ouro cantando *Praça Onze*. Um negrinho sentado à porta acompanhando o ritmo do samba com batidas da escova na sua caixa de engraxate. Para culminar, batedores de motocicleta abrindo na Avenida Rio Branco um cortejo de carros oficiais, sirenes ligadas.

Escapando daquele pandemônio, embrenhou-se pela Rua Evaristo da Veiga e foi almoçar num restaurante italiano da Rua Maranguape. Comeu espaguete à bolonhesa, acompanhado de um copo de vinho. Sem ter para onde ir, continuou a beber no mesmo lugar até as cinco horas.

Ao sair, sentiu que o estômago lhe pesava, mas ainda assim cedeu ao pretexto de ajudar a digestão com duas batidas de limão pelo caminho. Anoitecia quando, ligeiramente embriagado, tomou rumo do hotel, esquecido de que não morava mais lá.

# 7

À sua frente seguia um vulto familiar — custou a reconhecê-lo: era o porteiro da noite no hotel. Chamou-o com um assobio:

— Psiu, você aí!

O homem olhou para trás e esperou.

— Escuta aqui... Você... — começou, se aproximando, as palavras se embrulharam na sua boca. Oscilando de leve o corpo sobre as pernas, conseguiu afinal formular a frase: — Cinquenta pratas, se você me falar o nome dele.

Era tudo que lhe restava no bolso. O rapaz parecia vacilar, tentando avaliar o quanto ele estaria bêbado. Jaques Olivério pôs-lhe a mão no ombro com intimidade:

— Sabe que me mudei de lá, não é?

— Não, não sabia.

— Pois me mudei.

O porteiro evitava olhá-lo, irresoluto.

— Cinquenta... Pense bem — insistiu, a tentá-lo com um sorriso.

— Onde estão?

Arrancou a nota do bolso num gesto brusco e exibiu-a:

— Aqui. Só o nome.

— Olha lá, seu Olivério, tenho ordens, ninguém pode saber.

— Não tem dúvida. Conte comigo.

— Mas ninguém, seu Olivério, ninguém. Perco o meu emprego.

— Já disse que não tem dúvida, ora porra!

O rapaz tomou a nota e enfiou-a rapidamente no bolso:

— Tudo que eu sei é que ele ia lá quase toda semana. Já chegava sempre acompanhado. Às vezes ficava a noite toda, às vezes não ficava.

— Tudo bem, mas isso não interessa. Quero saber quem é ele.

— É um sujeito importante, só isso que eu sei: anda de Cadillac sem gasogênio, mora numa casa chique, na Rua Paissandu, parece.

— Mas o nome! O nome!

— O nome eu juro que não sei. Se soubesse diria. No hotel ele é conhecido só como GP.

— Seu filho da mãe — murmurou Jaques Olivério a olhá-lo, sem saber se devia acreditar ou dar-lhe uns safanões, tomar-lhe o dinheiro de volta. Acabou se afastando sem se despedir. "Já é alguma coisa", falava para si mesmo, "já é alguma coisa".

Andou um pouco ao longo da amurada de pedra na Avenida Beira-Mar para matar o tempo. Sentia-se cansado, a mente anuviada, o estômago ainda pesado, mas a brisa marinha, com seu cheiro de salsugem, lhe fazia bem. No hotel era conhecido como GP — que lhe adiantava saber aquilo?, pensava agora. Chegava sempre acompanhado, Cadillac sem gasogênio... Com a gasolina racionada — algum figurão, na certa. Era pouco, não tinha como encontrá-lo. O porteiro o enganara, roubando-lhe os cinquenta cruzeiros.

Remexeu nos bolsos, na esperança de encontrar ainda algum dinheiro: a promissória, a conta do hotel, o almoço e finalmente o porteiro lhe haviam consumido de vez o ordenado recebido poucos dias antes.

Às nove horas, sentindo-se melhor, foi para a oficina do jornal. Antes percorreu a Avenida, na esperança de ver o homem, por um acaso. A porta do Cine Pathé estava apinhada de gente, para a pré-estreia de *Por Quem os Sinos Dobram*, com Gary Cooper e Ingrid Bergman. Mas havia quem preferisse a cachorra Lassie no Metro Passeio. A ele, só interessava examinar um e outro, levado pelo pressentimento obsessivo de que estava prestes a encontrar o tal GP. Acabou desistindo:

— Devo estar ficando maluco — concluiu.

Na oficina achou entre as provas para rever uma pequena notícia de cinco centímetros de coluna: a mulher fora submetida a uma intervenção cirúrgica e, embora seu estado continuasse inspirando cuidados, apresentara alguma melhora. Não pudera ainda ser identificada. Era só.

Antes de deixar o trabalho, conseguiu emprestados de um companheiro outros cinquenta cruzeiros.

Ao chegar à rua, tarde da noite, percebeu um vulto se destacando da sombra, na calçada fronteira. Começou a andar rapidamente, quase correndo pela Rua das Marrecas, sem olhar para trás. O outro o seguia com dificuldade, manquejando.

Deteve-se na Rua do Passeio e se voltou, disposto a enfrentá-lo. O outro parou também, não muito longe, ofegante, sem coragem de se aproximar. Então avançou rudemente para ele:

— O que é que você está querendo comigo, João Vicente? Afinal não tem outra coisa a fazer senão ficar me seguindo a vida inteira, seu imbecil?

O homem o olhava, amedrontado. Enxugou com a mão o rosto suado e ousou murmurar, quase inaudível:

— Queria que você fosse lá...

Jaques Olivério ficou em silêncio.

— Por piedade... Em nome de Cristo... — insistiu o outro.

De súbito dominado pelo ódio, Jaques Olivério ergueu o braço e o esbofeteou com violência:

— Toma, seu cachorro! Ainda tem coragem de pedir piedade em nome de Cristo. Some daqui! Ou vai me oferecer a outra face?

— Você não sabe... — balbuciou João Vicente e se calou, cobrindo com a mão o rosto atingido. Depois fez meia-volta e se afastou, arrastando a perna.

— Vá para o inferno! — gritou-lhe ainda, possesso: — Suma da minha vida, antes que eu te mate!

Vendo-se só, caminhou devagar até o bar da Lapa. O garçom seu amigo se adiantou lá no fundo:

— Quer a mala agora?

— Não, Espanhol, não agora — respondeu, sentando-se. — Depois, depois. Mesmo porque não tenho nem para onde ir. Agora quero qualquer coisa para beber. Uma batida, cachaça, qualquer coisa.

Às três horas da manhã sentia-se completamente infeliz e miserável, atirado no pior dos mundos. Na mesa próxima uma mulher o olhava. Acenou para ela:

— Sozinha?

Mas ela lhe voltou as costas ostensivamente. Era uma prostituta como as outras, vestido pobre, rosto gasto sob a pintura, magra, olhar doentio — tudo isso se podia ver, se observada friamente —, mas ele não via nada e a achava linda. Levantou-se com dificuldade, foi ao toalete. Sua cabeça pesava sobre os ombros, oscilante, enquanto ele urinava. Depois voltou para a mesa — a mulher já fora embora, provavelmente com outro freguês. Recomeçou a beber, esperando a manhã.

— Sou muito infeliz, Espanhol, sou um pobre-diabo — resmungava, já completamente bêbado, sob o olhar complacente do garçom, e o dia clareava lá fora quando acabou por adormecer, caído de borco sobre a mesa.

# 8

O homem encarava imperturbável aquele sujeito de meia-idade, fisionomia cansada, barba por fazer, que tinha diante de si:

— Creio que está equivocado — falou com segurança. — Não sei que hotel é esse, nem quem é essa mulher, nem nada disso a que está se referindo.

Eram duas horas da tarde. O dono da casa se ergueu da poltrona, foi até a porta, chamou pelo criado e depois se voltou para ele:

— Só o recebi porque mandou dizer que se tratava de questão de vida ou morte e que era jornalista.

— Sou jornalista, mas não vem ao caso — ele informou simplesmente, erguendo-se também: — Quanto à questão de vida ou morte...

— Não entendi a propósito de quê veio aqui me contar tudo isso.

— Vi a mulher se atirar. Fui a única pessoa que viu.

— Ah, sim. A única pessoa que viu — repetiu o outro.

O criado acabava de entrar — tinha o tamanho e a catadura de um guarda-costas.

— Acompanhe este senhor até a porta.

— Posso saber o seu nome? — ousou pedir ainda.

O dono da casa sorriu, condescendente:

— Me chame de GP, como todo mundo.

Seguindo o criado, Jaques Olivério abandonou o escritório onde fora recebido, atravessou o jardim da casa. Mal continha a irritação: "Me chame de GP, como todo mundo...", repetia baixinho, entre dentes: "Hei de fazê-lo falar".

Caminhou até a praia e tomou um ônibus. Suas pernas se dobravam de cansaço. Custara muito a localizar o homem: por mais de duas horas percorreu de cima a baixo a Rua Paissandu, e já ia desistir, quando viu o Cadillac verde-claro na garagem de uma das casas. O resto fora fácil. Embora sem nenhum resultado: o tal GP simplesmente negava tudo.

Mas ele não perdia por esperar.

Desceu do ônibus em frente ao Monroe, comprou um vespertino. Na extremidade inferior da última página encontrou uma notícia sobre "a suicida do Elite Hotel": tinha recuperado finalmente os sentidos, mas "se negava terminantemente a declarar sua identidade ou os motivos que a teriam levado ao seu trágico gesto".

Dobrou a folha, perturbado, começou a andar sem destino certo. Sentia-se ainda meio tonto, depois da noite passada praticamente na mesa do bar. Parecia de nada haver valido como descanso o sono profundo em que acabou mergulhando: antes de partir, o Espanhol o despejara num catre a um canto da despensa para passar o resto da manhã. Ainda não havia almoçado, e eram mais de três horas da tarde.

No Largo da Carioca alguém lhe acenou de longe. Era João Vicente.

Estaria a segui-lo esse tempo todo? Atravessou a praça, sem lhe dar atenção. Na estação de bondes comprou uma passagem para Santa Teresa. João Vicente surgiu à entrada, hesitante, a procurá-lo com os olhos. O bonde acabava de chegar, sentou-se num dos primeiros bancos.

Depois de haver passado sobre os Arcos e iniciado a subida, olhou para trás. Sim, lá estava ele, no último banco, tentando passar despercebido atrás dos outros passageiros. Até o fim da linha não tornou a voltar-se uma só vez para olhá-lo. Desceu, deu uma espiada ao redor. Só então percebeu que não tinha absolutamente nada a fazer ali. Dirigiu-se ao bar pouco adiante, não mais que um botequim com mesas e cadeiras de ferro num pequeno pátio em frente. Sentou-se e pediu uma cerveja. Viu João Vicente surgir na entrada, vacilante, para acabar ficando por lá mesmo, a olhá-lo de relance. Fingiu não tê-lo visto, o que era impossível, não havendo ninguém mais no bar àquela hora. Pôs-se a ler o jornal que havia comprado: "Aperta-se o bloqueio contra o Japão" — "Vargas promete ampla consulta às urnas" — "Vasco e Fluminense disputarão os sete minutos finais". E na última página: "A suicida do Elite Hotel..."

Abandonou o jornal sobre a mesa, chamou o garçom. Sentia fome, mas teve de contentar-se com um sanduíche de mortadela, que era tudo que o lugar tinha a oferecer.

Quando terminou, antes de pagar contou o dinheiro de que ainda dispunha. Então se ergueu e caminhou até o outro, na entrada. João Vicente, na expectativa, o acompanhava com olhos de cão.

— Pague ali aquela despesa — falou, como se fosse a coisa mais natural do mundo, e foi passando. O outro assentiu com humildade e esperança:

— Então você resolveu...

Deteve-se e se voltou para ele, incisivo:

— João Vicente, se você me pedir mais uma vez para eu ir lá, te arrebento a cara, entendeu? E para de me seguir!

João Vicente abaixou a cabeça, sem uma palavra. Ele se afastou também sem dizer mais nada.

Chegou à cidade ao cair da noite. Na avenida,

tomou um ônibus, foi novamente até a Rua Paissandu. "Agora ou nunca", pensava, decidido.

O homem desta vez se recusou a recebê-lo.

— Diga-lhe que é do interesse dele — insistiu com o guarda-costas: — Se não quer que o seu nome seja envolvido. O meu é Jaques Olivério.

Ao fundo o homem surgiu de uma porta, atrás da qual ouvira tudo. Empalidecera quando Jaques Olivério falou seu nome. Veio caminhando, a olhá-lo com surpresa:

— Como disse mesmo que se chama? — perguntou, ansioso.

— Jaques Olivério.

O homem, em silêncio, tentava se dominar.

— Que deseja agora? — gritou-lhe afinal, a voz transtornada. — Já não lhe disse que não tenho nada a ver com suas histórias?

Ele percebeu que alguma coisa o tornara senhor da situação. Sorriu, erguendo a mão num gesto conciliador:

— Calma, GP, não precisa gritar, não se exalte. Eu quero saber apenas por que é que ela foi procurá-lo se, como afirmou, nem sequer a conhecia.

O homem empalideceu mais e ergueu o braço, apontando-o:

— Sabe muito bem que ela não tinha ido me procurar, e sim a você! — falou, quase gritando.

# 9

Ao afastar-se daquela casa, ele sentia as lágrimas inesperadamente escorrerem pelo seu rosto. Nem ao menos a carta com as últimas palavras dela lhe havia chegado às mãos. O outro temia se comprometer — o outro, que habitava um mundo diferente, que tinha em hotéis de baixa categoria apartamentos de luxo à sua disposição.

—Não era uma carta, propriamente—o homem tentara se justificar: — Não mais que um bilhete. Apenas seu nome e meia dúzia de palavras, nada além disso.

— E onde está esse bilhete?

— Joguei fora — respondeu o outro, impassível.

— Ah, jogou fora. Foi lá pessoalmente buscar suas coisas, não é, GP? Por pouco não te pego naquela noite... Tem medo, hein, GP? Medo de um escândalo...

— Está muito enganado. Joguei fora porque o caso foi dado como encerrado sem que achassem o bilhete: estava debaixo do travesseiro. A polícia não encontrou nada que me incriminasse. O que eu quis foi evitar complicações para mim ou para quem quer que seja. Tinha mais é que me agradecer: se há alguém que deve ter medo, esse alguém não sou eu. Nunca tomei sequer conhecimento da existência daquela mulher. Já lhe disse que ela errou de quarto, pensando que era o seu.

— Como é que ela entrou? — quis saber então.

— Sei lá como ela entrou! Engano daquele idiota na portaria: ela pediu a chave de um quarto e ele entregou outra. Ou engano dela própria: pediu a chave do quarto errado. Já se tentou apurar isso, sem resultado. Enfim, não interessa. O certo é que ela entrou e não podia ter entrado.

— Eu não sabia que naquele hotel é só pedir a chave de qualquer quarto e ir entrando.

— Depende. De qualquer quarto, não. Naquele, isso não podia acontecer. E aconteceu. Mas vamos ao que interessa: que pretende fazer?

Ele passou a mão pelo rosto, arrasado:

— Não sei...

— Faça o que quiser — encerrou o outro: — É só me deixar fora disso.

Agora, a caminho do centro, sentia-se o mesmo homem atormentado pelo sofrimento que viera morar no Rio um ano antes, para nunca mais voltar.

Na Lapa, apanhou sua mala e ocupou um quarto num hotel das proximidades — chamava-se hotel mas era menos do que uma pensão da pior espécie, nem nome tinha. Em todo caso, antes de ir para a oficina do jornal, tomou um banho, barbeou-se e conseguiu ainda um jantar, que se resumiu a restos escuros de arroz e um pedaço de peixe sem gosto.

Não havia como se concentrar no trabalho. Sua cabeça girava, pensamentos esparsos lhe acudiam, de mistura com insuportáveis lembranças. Ela surgia na sua imaginação em todas as atitudes, via o seu rosto para onde se voltasse. Abatido como nunca se sentira antes, disse a um companheiro que não estava passando bem, pediu que fizesse a sua parte. E foi-se embora.

Eram cerca de dez horas da noite — uma noite quente, sufocante. Chegou à Lapa e foi seguindo lentamente a Avenida Mem de Sá, mãos nos bolsos e a olhar o chão. Era o caminho que se acostumara a percorrer todas as madrugadas, desde que trabalhava no jornal. Nunca voltara tão cedo.

Passou devagar pelo hotel onde havia morado, dobrou a esquina, ganhou o beco. Sob a janela de seu antigo quarto, parou, olhou para cima. A marquise ainda amassada era a única lembrança do acontecimento que naqueles últimos dias o vinha atormentando tanto. Espiou a janela de onde ela se havia lançado — estava fechada, às escuras. "GP não virá mais a seus encontros", pensou. A do terceiro andar estava acesa, já haviam ocupado o seu quarto. Olhou ainda o meio-fio onde o corpo tombara. Não havia sequer um vestígio. Apenas pequeninas poças d'água suja aqui e além, na sarjeta. Então voltou-se e se afastou, sem olhar mais. Lembrava-se do rapaz se aproximando do corpo, temeroso, riscando o fósforo, e na claridade súbita da chama aquelas duas pernas estendidas...

Na esquina escutou alguém a chamá-lo:

— Seu Olivério!

Era o porteiro. Lembrou-se com desagrado da cena na outra noite, o dinheiro que lhe dera. Aproximou-se.

— Seu Olivério, tem uma carta aqui para o senhor — e o porteiro foi buscá-la no balcão.

Estendeu-lhe o envelope. Depois de guardá-lo, ia se afastando, o homem lhe fez um sinal:

— Desta vez reparei — falou, misterioso.

— Reparou o quê?

— Ele manca de uma perna sim. Foi quem trouxe a carta.

— Grande novidade — resmungou, e afastou-se.

No seu novo quarto abriu o envelope, encontrando o que esperava — outra nota sobre o suicídio:

## "ATIROU-SE DO 4º ANDAR E NÃO MORREU!

Sob este título, noticiamos há dias a tentativa de suicídio de uma mulher, se atirando do quarto andar do Elite Hotel e não tendo morrido, muito embora sofresse fratura de um dos braços, da clavícula e do ilíaco, e ainda ruptura da bexiga, além de escoriações generalizadas. Até agora, no H.P.S., foi impossível apurar-lhe a identidade. A infeliz mulher foi submetida a duas intervenções cirúrgicas, tendo inicialmente experimentado ligeira melhora, mas à hora de encerrar esta edição o seu estado era desesperador, não havendo esperanças de que sobreviva senão por mais algumas horas".

Teve um segundo de hesitação, mas logo arrebatou o paletó sobre a cama, foi acabar de vesti-lo no fim da escada. Na rua procurou aflitivamente um táxi, não encontrou. Dirigiu-se quase correndo ao Largo da Lapa. Na Rua do Passeio, deu com um que vinha vindo lentamente.

— Para o Pronto-Socorro, depressa! — gritou ao motorista, enquanto entrava.

Durante o percurso não pensou senão no que lhe diria, e isso de maneira informe, as palavras se misturando na sua cabeça: "Você não pode morrer. Está tudo esquecido, vamos recomeçar a nossa vida". Ela surgia em sua imaginação ora inconsciente, envolta em ataduras, ora os cabelos soltos sobre o travesseiro branco, como a vira tantas vezes, os olhos verdes fixos nele, plenos de felicidade.

Ao chegar, saltou do táxi e correu para a escadaria. Mas se deteve em meio, porque alguém vinha descendo em sua direção.

Era João Vicente. Descia depressa, aos pulinhos, com sua perna dependurada. Tinha os cabelos desfeitos, o rosto molhado de lágrimas. Ao dar com ele, soltou um gemido, caiu em seus braços soluçando abertamente, como um menino:

— Morreu, Jaques! Ela morreu!

Procurou ampará-lo, sustendo a si próprio com dificuldade no meio da escada. Alguma coisa se passava consigo, no íntimo, alguma coisa de brando e insondável que não podia compreender. Desceu com ele os degraus até a calçada. No táxi, junto ao meio-fio, o motorista o aguardava.

— Entre — falou, abrindo a porta e dando passagem ao outro.

João Vicente afundou a cabeça no encosto, chorando manso, enquanto o carro deslizava pelas ruas agora desertas. Mal dominando sua angústia, Jaques Olivério tentava recordar o rosto dela sorrindo para ele como antigamente — mas só lhe vinha a lembrança de um corpo de mulher caído de bruços sobre o meio-fio, vestido arregaçado, as pernas à mostra — aquelas pernas, aquele corpo que ele tanto havia amado. Para ter um fim tão brutal — mortificado, voltou o rosto para fora, tentando esquecer.

Ao chegarem à Avenida Rio Branco, perguntou ao outro onde ele estava morando. João Vicente não respondeu — tinha os olhos fixos nele, como os de um demente, cheios de assombro:

— Jaques, você ia lá! — falou, deslumbrado, e um sorriso iluminou-lhe o rosto, seu queixo pequenino tremia de emoção: — Você ia lá!

Contrariado, ele não respondeu. Ordenou ao motorista que seguisse para a Taberna da Glória e ficou em silêncio durante todo o percurso.

Ao chegarem, antes de abrir a porta e sair, deixando João Vicente no táxi, voltou-se para ele:

— Você não se engane: fui até lá exclusivamente porque sabia que ela havia morrido, e assim mesmo porque me chamaram.

Sua voz era fria e explícita, como se ele estivesse falando na morte de uma desconhecida.

# 10

Em vez de seguir no táxi, João Vicente pagou ao motorista e desceu também. Jaques Olivério se encaminhava para o bar a passos largos, pouco se importando com o companheiro que fazia esforços para segui-lo, com seu andar troncho. Sentou-se numa das mesas na calçada, pediu um chope. Viu com indiferença que o outro se aproximava, acomodando-se timidamente defronte a ele.

Era uma sensação esquisita, que lhe vinha agora: olhava o homem que tinha à sua frente, mal podia reconhecê-lo. Como João Vicente havia mudado, envelhecido! Nada mais fazia lembrar o amigo de um ano antes. Sentiu lástima de sua figura, o rosto inchado, os olhos vermelhos, o terno escuro, o seu jeito frágil de ser. Que lhe teria acontecido, para se transformar assim?

— O que não posso compreender — falou então, a olhá-lo como a um estranho — é como pude ser seu amigo durante tanto tempo.

O outro parecia não ter ouvido, e começou a falar, como para si próprio:

— Às vezes nós dizíamos: ele vai voltar. A princípio ela esperava que você voltasse. Mas eu, desesperado, pensava em fugir, ir embora, sair pelo mundo, pensava em morrer. E não podia, estava preso. A fraqueza fora nossa, e juntos tínhamos de esperar.

Jaques Olivério o interrompeu com uma gargalhada:

— Essa conversa de "fraqueza" não pega comigo não, João Vicente. Então vocês esperavam que eu voltasse, hein? Essa é boa. Estou só imaginando os dois pombinhos, abraçadinhos, perguntando: será que ele vai voltar?

— Não houve nada disso. O que você queria que eu fizesse?

O garçom acabava de trazer o chope. Jaques Olivério ia erguendo o copo, mas tornou a abaixá-lo sobre a mesa:

— João Vicente, fique sabendo que para mim não tem mais a mínima importância o que você fez ou deixou de fazer. Sim, talvez eu fizesse o mesmo em seu lugar, é possível que tenha feito em mais de uma ocasião. Mas o que para mim seria me afirmar como homem, viver uma aventura, ou mesmo um caso de amor, para você foi apenas uma "fraqueza", a tentação de um momento, ou coisa que o valha. Além do mais, não tenho o mínimo interesse em saber, compreendeu?

— Mas eu lhe contei que ela estava terrivelmente magoada com você. Eu lhe contei que ela soube que você...

— Chega! — gritou ele, batendo com o copo na mesa. A espuma do chope entornou e foi encharcando lentamente a toalha. — Quantas vezes tenho de lhe dizer que não me interessa? Você sabe que para mim você não passa e não passará nunca de um canalha.

Deu-lhe vontade de maltratá-lo, feri-lo ainda mais:

—Não sei o que ela pode ter visto num canalha feito você. Eu devia ter te matado naquela ocasião, e não acertado na perna. Até hoje não sei o que me deu na hora, que força maldita me desviou a mão.

— Você me odeia — sussurrou João Vicente, como se somente agora tomasse consciência disso.

Não respondeu. Virou o que restava do chope e ficou longo tempo em silêncio.

— Quando é que vocês chegaram? — perguntou afinal, com voz indiferente.

— Naquela mesma noite. Viemos no Rápido Mineiro. No que o trem chegou, eu fui para a casa de um primo, ela foi direto para o hotel.

— Como é que sabia que eu morava lá?

— Ficou sabendo não sei como, pouco tempo depois que você foi embora. Ela fazia questão...

— Não estou interessado no que ela fazia ou deixava de fazer.

João Vicente se encolheu na cadeira. Uma pergunta brotou na mente de Jaques Olivério, mas ele procurou ignorá-la. Sentia sua firmeza vacilar — tentou pensar em outra coisa, fez sinal para o garçom pedindo mais um chope.

— Vocês... — falou finalmente, e acendeu um cigarro, tentando naturalidade. — Vocês... viviam juntos?

— Não, não vivemos juntos nem um dia. Não houve mais nada entre nós.

Jaques Olivério respirou fundo, emocionado. De repente sentiu o ódio turvar-lhe a razão, deu um soco violento na mesa:

— Não quero saber de nada! — gritou, alguns fregueses se voltaram. — Já disse que não quero saber de nada! Por que você não some de uma vez da minha vida? O que ainda está esperando?

João Vicente ia-se erguendo servilmente para se retirar, mas tornou a sentar-se — Jaques Olivério agora falava como para si mesmo, abstraído:

— Naquela noite eu pensei exatamente na morte. É estranho...

Calou-se um instante, os olhos perdidos no ar:

— É estranho que eu e ela estivéssemos tão perto um do outro e não nos encontramos.

— Ela te esperou o quanto pôde.

Ele deixou pender a cabeça, prostrado:

— No quarto de outro...

— Por engano: deve ter pensado que era o seu.

— Quando viu que eu não chegava nunca, desistiu de esperar.

— Ela não suportava viver sem você, preferia morrer. Já havia tentado uma vez. E teria morrido, se eu não tivesse chegado a tempo.

— Por isso você veio com ela? — Jaques Olivério o olhava com ar irônico: — Para protegê-la?

João Vicente vacilou:

— Não deixei de ajudá-la nunca. Ela não tinha ninguém que...

De novo foi interrompido por uma gargalhada:

— Estou vendo a cena: ela, coitadinha, não tendo ninguém... Você durante o dia a protegê-la, e durante a noite...

Curvou-se bruscamente sobre a mesa, segurou o outro com força pela gola do paletó, sacudindo-o:

— Canalha, não vai me dizer agora que ela não dava para você como uma cadela.

Empurrou-o com força para trás, por pouco João Vicente não tombou da cadeira. Ao redor os fregueses tornaram a se voltar, mas logo a curiosidade era absorvida pela agitação agora reinante no bar. Jaques Olivério se calara, sucumbido ante a brutalidade de suas próprias palavras. Por um momento pairou entre os dois a imagem da morta, num contraste brutal com a alegria ambiente.

 Eram quatro horas da manhã. O bar, antes quase deserto, de novo ia se enchendo de notívagos, mulheres egressas das gafieiras, marinheiros americanos aqui e ali, espalhados pelas mesas da calçada. No ar ia uma mistura confusa de conversas, um bêbado errava por entre as cadeiras, gesticulando e rindo.

 Não falaram mais nada. Jaques Olivério bebeu o seu chope com sofreguidão, acendeu outro cigarro. Sentia a mente turvada, as pálpebras pesando. João Vicente começou a falar em voz baixa, limitou-se a ouvi-lo com ar de enfado:

 — Jaques, você está envenenado pelo ódio. Sabe de tudo que aconteceu, não te escondemos nada. Mas ela te amava... Sempre esperou que você perdoasse. Agora está morta. Se você não é capaz de perdoar, pelo menos respeite quem já morreu.

 Amanhecia. Um vento fresco escorria por entre as árvores no Largo da Glória. Para os lados do mar o céu ia se tornando rubro. Jaques Olivério acenou ao garçom, pediu-lhe a conta. Depois se levantou, apoiando-se na mesa:

— Tem razão, te odeio — falou, ríspido: — Você não passa de um covarde, um canalha, um filho da puta. Já está avisado: suma de minha vida, e para sempre! Se alguma vez tornar a cruzar no meu caminho, eu te mostro. E não será mais na perna.

Atirou longe o cigarro e ia se afastar quando o garçom chegou com a conta. Passou-a ao outro:

— E pague isso aí.

Deu alguns passos inseguros em direção à rua, não chegou a atingi-la. Sentia-se dissolver em aflição, um engasgo lhe atravessava a garganta. Voltou-se: João Vicente acabava de pagar a despesa e ia-se afastando em direção oposta, a coxear. Não resistiu mais:

— João Vicente!

Precipitou-se até ele e caiu-lhe nos braços, completamente entregue, soluçando desesperado.

A poucos passos o garçom os olhava, intrigado.

Um Corpo de Mulher

# OBRAS DO AUTOR

# OBRAS DO AUTOR

**Editora Ática**
*A vitória da infância*, crônicas e histórias – *Martini seco*, novela – *O bom ladrão*, novela – *Os restos mortais*, novela – *A nudez da verdade*, novela – *O outro gume da faca*, novela – *Um corpo de mulher*, novela – *O homem feito*, novela – *Amor de Capitu*, recriação literária – *Cara ou coroa?*, seleção infantojuvenil – *Duas novelas de amor*, novelas – *O evangelho das crianças*, leitura dos evangelhos.

**Editora Record**
*Os grilos não cantam mais*, contos – *A marca*, novela – *A cidade vazia*, crônicas de Nova York – *A vida real*, novelas – *Lugares-comuns*, dicionário – *O encontro marcado*, romance – *O homem nu*, contos e crônicas – *A mulher do vizinho*, crônicas – *A companheira de viagem*, contos e crônicas – *A inglesa deslumbrada*, crônicas – *Gente*, crônicas e reminiscências – *Deixa o Alfredo falar!*, crônicas e histórias – *O encontro das águas*, crônica sobre Manaus – *O grande mentecapto*, romance – *A falta que ela me faz*, contos e crônicas – *O menino no espelho*, romance – *O gato sou eu*, contos e crônicas – *O tabuleiro de damas*, esboço de autobiografia – *De cabeça para baixo*, relatos de viagem – *A volta por cima*, crônicas e histórias – *Zélia, uma paixão*, romance-biografia – *Aqui estamos todos nus*, novelas – *A faca de dois gumes*, novelas – *Os melhores contos*, seleção – *As melhores histórias*, seleção – *As melhores crônicas*, seleção – *Com a graça de Deus*, "leitura fiel do evangelho segundo o humor de Jesus" – *Macacos me mordam*, conto em edição infantil, ilustrações de Apon – *A chave do enigma*, crônicas, histórias e casos mineiros – *No fim dá certo*, crônicas e histórias – *O galo músico*, contos e novelas – *Cartas perto do coração*, correspondência com Clarice Lispector – *Livro aberto*, "páginas soltas ao longo do tempo" – *Cartas na mesa*, "aos três parceiros, amigos para sempre, Hélio Pellegrino, Otto Lara Resende, Paulo Mendes Campos" – *Cartas a um jovem escritor e suas respostas*, correspondência com Mário de Andrade – *Os movimentos simulados*, romance.

**Editora Berlendis & Vertecchia**
*O pintor que pintou o sete*, história infantil inspirada nos quadros de Carlos Scliar.

**Editora Rocco**
*Uma ameaça de morte*, conto policial juvenil – *Os caçadores de mentira*, história infantil.

**Editora Ediouro**
*Maneco mau e os elefantes*, história infantil – *Bolofofos e finifinos*, novela infantojuvenil.

**Editora Nova Aguilar**
*Obra reunida*.

Você gostou da história que acabou de ler? Conheça outros livros da coleção Fernando Sabino:

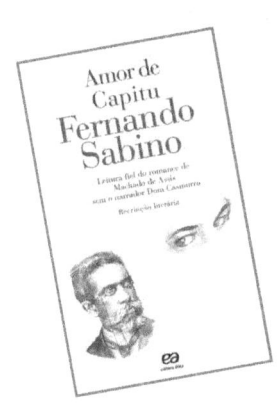

**Amor de Capitu**
O famoso caso da suspeita de traição de Capitu no clássico *Dom Casmurro*, de Machado de Assis, é revisitado e apresentado de um novo ponto de vista.

**O bom ladrão**
Pequenos incidentes consecutivos levam Dimas a desconfiar do caráter da esposa Isabel, e a dúvida passa a dominar sua vida.

**Duas novelas de amor**
As duas novelas retratam o universo feminino e o amor. Em uma, Sabino mostra o amor na vida de uma adolescente. Em outra, um amor maduro renasce.

**O homem feito**

Um homem perturbado se isola em uma montanha. Um garoto o encontra, invade a sua solidão, e o faz encarar a vida de outra forma.

**Martini seco**

Marido e mulher acusam-se mutuamente de tentativas frustradas de assassinato, até se verem implicados em mortes reais.

**A nudez da verdade**

As incríveis peripécias de um homem que, de repente, se vê fora de seu apartamento, completamente nu, e passa a correr pelas ruas da cidade.

**O outro gume da faca**
Ela o trai com seu melhor amigo. Ele planeja a vingança. Porém, a situação escapa a seu controle e ele se vê preso numa armadilha absurda.

**Os restos mortais**
Para tomar conta da casa durante sua ausência, o pai traz um empregado do sítio. O filho não gosta da ideia. Mal o pai parte, o empregado morre misteriosamente.

**A vitória da infância**
Em 29 crônicas, Sabino conta as travessuras de crianças e o comportamento de adultos que continuam fascinados pela magia do universo infantil.